El Curro

El Curro

El Consejo Nacional de Fomento Educativo agradece el apoyo brindad por la Delegación de Zacatecas durante la etapa de prueba de campo este libro.

Asimismo, agradece la participación de los niños y los Instructores de siguientes comunidades: Loma Larga, municipio Ojo Caliente, y Los Charcos, municipio Fresnillo.

Miguel Limón Rojas
Secretario de Educación Pública

Carlos Márquez Pérez
Director General del
Consejo Nacional de Fomento Educativo

Este libro se elaboró en la
Dirección de Medios y Publicaciones

Diseño de la colección: Mayela Crisóstomo Alcántara

Primera edición: 2000

IMPRESO EN MÉXICO
ISBN 970-18-3742-8

La historia que dio motivo a este libro fue presentada por Héctor Saúl Santana Enríquez en la convocatoria Vientos de Historia, realizada en Chihuahua.

El Curro

Versión escrita de Catalina Fernández Mata
Ilustraciones de Liliana Infante

Yo soy Manuel Cano y éste es mi pueblo, Santo Domingo, uno de tantos pueblos mineros que tiene Chihuahua. Como cualquier otro, que tal vez conozcan, tiene su iglesia, su presidencia municipal, unos arcos y bajo ellos algunas tiendas; una de ellas, la primera que se fundó en el pueblo, es la mía.

La verdad yo no nací en Santo Domingo,
pero después de casi setenta años de vivir
aquí me he ganado el derecho de llamarlo
mi pueblo.

Hace mucho que no le contaba a
nadie la forma en que llegué aquí
y lo que pasó durante ese primer
año que cambió mi vida, pero
la semana pasada, mientras
leía el periódico sentado
en una banca de la plaza,
pasó frente a mí un joven
que recorría el jardín.
Lo saludé, según se
acostumbra en estos
rumbos, me contestó
amablemente
y siguió de largo.

Había caminado unos
cuantos pasos cuando,
como arrepintiéndose,
regresó y se presentó:

—Buenos días, soy Alfredo Morín, estoy de
visita y me preguntaba si usted me puede ayudar.

Lo miré y, al mismo tiempo que estiraba
la mano, le dije:
—Manuel Cano, para
servirte, ¿qué se te
ofrece?

—Me dijeron que aquí hay minas
abandonadas, ¿usted las conoce?
—respondió.

Yo soy muy platicador; sólo necesito un
pretexto para empezar a hablar y ya lo tenía.
Comencé platicándole sobre la importancia
de las riquezas obtenidas de las minas.
Es más, le aseguré que la ciudad de
Chihuahua se fundó gracias al mineral
extraído de ellas. Con un suspiro agregué
que ahora, en Santo Domingo, muy pocas
minas se encuentran activas y creo que
ninguna produce oro o plata; la mayoría
fueron abandonadas y en vez de oírse el
murmullo de los hombres trabajando
en el interior, lo único que se escucha es el
chillido de sus habitantes: los murciélagos,
que todas las noches salen a pasear por los
alrededores.

También le comenté que las minas más
cercanas al pueblo son las de la ruta
llamada Línea Castilla, y le expliqué que

esa ruta es un camino que pasa por la entrada
de varias minas desde la Buena Tierra, la
más cercana al pueblo, hasta la Mina Vieja,
la más alejada. Que antes se podía ver
transitar muchos camiones cargados de
mineral saliendo camino a la fundición
de Ávalos, y terminé:

—Los choferes tenían que ser muy valientes,
pues la polvorosa carretera bordea
barrancos y precipicios muy
empinados, y más de
un camión acabó en
el fondo de la cañada.

—Algo me platicaron
sobre la Línea
Castilla; incluso
me contaron de
un aparecido,
¿usted conoce
alguno de
esos cuentos?
—dijo
riéndose.

—Cuentos no, pero sí una historia real
—le contesté muy serio.

El muchacho debe haber pensado
que me molestó su pregunta, pues
me dijo tartamudeando:

—Mi intención no fue molestarlo, yo pensé
que tal vez...

Por la cara que puse solté una
carcajada y agregué:
—No es para tanto muchacho,
pero de pronto hiciste que
recordara muchas cosas que
creí olvidadas. Entre ellas al
Curro, que no es un cuento,
es un ánima que yo conocí y
te puedo platicar su historia.

Hasta ese momento el
muchacho había estado
parado frente a mí, así que
lo invité a sentarse en la
banca. Él dudó un poco,
tal vez pensó que estaba
hablando con el loco del
pueblo, ese que nunca falta.
Por su actitud me di cuenta que
se iba a despedir, por eso lo tomé
del brazo y lo obligué a sentarse.

Luego de un gran suspiro, inicié el relato:

—Llegué a este pueblo cuando era muy joven, más que tú. Necesitaba trabajar y en las minas abundaba el trabajo; contrataban a cualquiera que se presentara, porque las acababan de abrir después de mucho tiempo de estar abandonadas. Pero la gente de aquí no quería trabajar en ellas por miedo a los aparecidos y, en especial, al Curro.

En ese tiempo se decía que quien se encontraba con él, si no moría en el instante, regresaba mudo o medio loco; que algunos se recuperaron pero otros nunca volvieron a ser los mismos, y nadie quería correr la misma suerte.

—La primera vez que oí hablar del Curro —continué— yo también creí que era uno de esos cuentos que inventa la gente miedosa. Después comprobé en carne propia que todo lo que decían era verdad.

Me di cuenta que la narración había despertado la curiosidad de Alfredo y que no se marcharía de ahí hasta conocer la historia completa. Así que seguí hablando:

—Empecé trabajando como minero; era una labor muy difícil pues tenía que picar la roca para sacar el mineral y después cargarlo del fondo de la mina a los carros que lo llevaban al exterior. Créeme, terminaba muerto de cansancio y casi nunca veía el sol; ya me sentía un topo.

Después de un tiempo supe que eso de ser minero no iba conmigo. Así que decidí irme. Estaba a punto de partir cuando me enteré que el velador del último turno se había marchado del pueblo diciendo que nunca regresaría.

Rápidamente fui con el encargado y solicité
el puesto. Yo creí que otros lo pedirían
pues la paga era muy buena, pero no:
enseguida me lo dieron. Comenzaría
a trabajar el lunes siguiente.

Mi trabajo consistía en evitar que,
valiéndose de la oscuridad,
alguien se robara el mineral.
Por eso tenía que realizar
varios recorridos por
la Línea Castilla.

El siguiente domingo,
mis compañeros
empezaron a secretear
y a señalarme en cuanto
me vieron.
—Y ahora, ¿qué se
traen? —les pregunté.
Como no queriendo
uno de ellos me dijo
que debía estar loco
para aceptar ese trabajo.

Muy seguro de que sus comentarios eran
por envidia me defendí diciendo que
los locos eran ellos, pues yo ganaría
más y trabajaría menos.

Claro que mi
argumento no
tuvo efecto,
pues siguieron
diciéndome:
—Es tu
problema,
pero ese
lugar es muy
peligroso.
Por las noches
bajan de la
sierra pumas, linces y
uno que otro oso, y si te encuentran
desprevenido te conviertes en su cena.
—¡Bah! Con algunos gritos o un disparo
es fácil espantarlos; es más, no se acercan
donde hay luz —agregué confiado y
queriendo burlarme de su miedo.

No puedo negar que me intrigó su actitud;
si bien en ese tiempo este lugar estaba
alejado de todo y en la sierra había muchos
animales, no era para tanto; pregunté cuál

era la verdadera razón para decirme que
no aceptara ese trabajo. No tuvieron más
remedio que confesarme que, a pesar de
trabajar en las minas, nunca lo harían
de noche, porque en la Línea Castilla
se aparecía un espíritu que debía ser
espantoso, pues don Chelo, a quien
todos llamaban El Silencioso, se lo había
encontrado y de la impresión se quedó
mudo, y un tal Juan, que una madrugada
llegó diciendo que había visto al aparecido
de las minas, se murió días después.
Por último, me dijeron que tal vez el
otro velador lo había visto y por eso salió
huyendo. A mí seguían sin convencerme,
no podía imaginar de dónde había salido
aquel espíritu, por eso empezaron a
contarme la historia del Curro desde
el principio.

Uno de ellos inició diciéndome:
—Mira, Manuel, *las minas donde ahora
trabajamos fueron cavadas durante la Colonia
por los españoles. Todos ellos vivían en la*

18

EL CURRO

riqueza a costa del trabajo de los mineros que eran como sus esclavos; así construyeron grandes haciendas en la región. Entre los dueños de las minas uno se distinguía por varias razones:

era el más rico, tenía un genio de los mil
demonios, era alto, delgado y bastante bien
parecido; además, siempre vestía con un
elegante traje negro y su inseparable
bastón, cuya empuñadura tenía la
cabeza de un águila de oro puro
con ojos de rubíes, tan rojos como
la sangre.

La gente decía que parecía
estar siempre listo para
irse a una fiesta, por eso
le pusieron El Curro,
cosa que al principio
le disgustó, y con su
bastón golpeó a
más de uno cuando
le llamaban así.
Sin embargo, no
logró evitar que
siguieran utilizando
ese apodo; hasta
sus conocidos le
decían Curro.

Con el tiempo él mismo empezó a presentarse como El Curro, y su nombre quedó en el olvido.

El Curro era codo para pagar a sus trabajadores, pero si alguno de sus vecinos hacía una fiesta él organizaba otra mejor con la única intención de que los demás vieran que tenía mucho más dinero que sus vecinos. Todo mundo asistía: unos como invitados, otros eran contratados para preparar la comida y servir las mesas; era la única forma de recibir algo de él.

Había días en que amanecía de buenas y no les gritaba a sus trabajadores, pero aun así nadie se confiaba, pues El Curro era igual que el viento: en un instante podía cambiar. Entonces desquitaba su enojo con quien tuviera cerca; en esos momentos hasta sus perros se escondían. Por eso no tenía amigos, y a quienes intentaban serlo se ocupaba de alejarlos asegurando que se acercaban sólo por interés.

Algunas veces, cuando sus
vecinos tenían visitas
de la capital,
El Curro daba
muestras de falsa
amabilidad y
les ofrecía una
comida para la
que utilizaba
una vajilla
especial y
cubiertos de

oro. Después de comer los pasaba a su despacho
para tomar una copa de vino o un café.

Ese lugar era muy especial, como quien dice
era el cuarto de sus tesoros; en él se
encontraban varios baúles llenos de monedas
y barras de oro y plata; bueno, hasta las
tazas y copas en las que servían la bebida
eran de oro.

Con tal demostración El Curro lograba
su objetivo: que más gente se enterara de

su riqueza, aumentando así la envidia que
todos le tenían. Esto lo puso en peligro, y
más de una vez quisieron matarlo con la
intención de robarle. Pero, para su fortuna,
lo más que le pasaba era que perdiera el caballo
o que tuviera que cambiar de sombrero.
Algunos de sus trabajadores decían
que una de dos: tenía nueve vidas
como los gatos o había hecho
pacto con el diablo.

Con el tiempo, la extracción
de los minerales se
complicó: al hacer
más profundos los
túneles se inundaban
o se venían abajo.
Debido a eso muchos
españoles consideraron
las minas agotadas
y las abandonaron
para regresar a
España o irse
a la capital.

El único que seguía aferrado a vivir en
la región era El Curro, pues como él mismo
decía, no tenía a nadie. Decidió cerrar
sus minas y dedicarse a cuidar
las tierras que rodeaban su
hacienda y las cabezas
de ganado que
pastaban en ellas.

Sus trabajadores también se quedaron, pensando que no tenían otro lugar adonde ir y, además, seguir trabajando con El Curro no podía ser peor que pasar hambre, pero se equivocaron. Al no tener vecinos se le agrió más el carácter y se dedicó a hacerles la vida imposible.

Como prefería estar solo, con frecuencia daba largos paseos a caballo. Cierto día, en un ataque de furia despidió a sus trabajadores, nada extraño en él: los corría y después de una semana, cuando se le pasaba el berrinche, se paseaba cerca de sus casas y al primero que encontraba le decía que podían volver a trabajar, pero aquella vez no fue así. Pasaron más de cuatro semanas sin que se dejara ver por ningún lado, así que varios hombres decidieron ir a la casa del Curro a ver qué pasaba, más por curiosidad que por preocupación. Para su sorpresa, no había señas del Curro por ningún lado. Algo había ocurrido, pues en el patio andaban las gallinas y los perros, que se alegraron al ver gente de

nuevo; la casa tenía ventanas y puertas
abiertas con algunos vidrios rotos y su interior
estaba lleno de hojas secas. Los muebles tenían
una capa de polvo y en los potreros casi todos
los caballos habían escapado, las vacas
andaban desperdigadas por el llano y ahí
descubrieron a su caballo preferido con todo
y silla. Después de revisar la hacienda se
dieron cuenta de que lo único que faltaba
era El Curro y su tesoro, pues al forzar
la puerta del despacho descubrieron
que estaba vacío.

Sus empleados
conocían lo tacaño
y desconfiado
que era
El Curro;
lo último que
hubiera hecho
era abandonar
su casa, por
ello lo dieron
por muerto.

Se repartieron lo que había de valor dentro
y fuera de la hacienda como pago por
soportarlo durante tanto tiempo y se
alejaron.

No faltaron quienes imaginaron tesoros ocultos
y, movidos por la codicia, regresaron a la
hacienda con la idea de encontrarlos;
escarbaron en patios y caballerizas, tiraron
paredes y techos, pero ni un centavo
hallaron.

Pasó el tiempo, algunos continuaron
buscando con la esperanza de
encontrar sus riquezas, mas empezó
a ocurrir algo que terminó por
alejarlos. Quienes eran
sorprendidos por la noche
en la hacienda, en la Línea
Castilla o a la orilla del
arroyo, contaban una
historia parecida:
"de pronto todo
quedó en
completo silencio
y se desató
un viento helado;
al mismo tiempo
apareció un hombre

*alto y vestido de negro que con su sola
presencia nos atemorizo; después nos hizo seña,
como para que lo siguieramos, pero todos
huimos asustados y prometimos no regresar".*

*En el pueblo empezó a correr el rumor de
que un ánima se aparecía por el rumbo
de las minas. La gente afirmaba que se
trataba del Curro, surgieron muchas historias
sobre él y el misterio creció.*

*La mayoría se alejó del lugar:
si vivo tenía mal genio,
muerto sería
insoportable; alguno
no lo creyeron,
y sintiéndose
muy valientes
se aventuraron
por las noches
y regresaron
tan blancos
del susto que
pasaban varios*

días antes de que recuperaran el color y el
habla, si los recuperaban.

Debido al miedo, incluso de día las minas
quedaron desiertas durante muchos años, hasta
que a principios de siglo unos gringos las
compraron y las abrieron nuevamente.

—Así terminó el relato de mis compañeros.
Aunque la historia del Curro me interesó,
no creí que tuviera nada que ver conmigo.
Eso había pasado hace muchos años y los
cuentos de un supuesto aparecido, por
muy malo que fuera en vida, no me harían
perder la oportunidad de un buen trabajo.
Así que les aseguré que ésas eran historias
espantatarugos y yo no era ningún tarugo,
y agregué que del miedo se valían los
rateros para espantar a los veladores
y robar sin prisas.

Ellos insistieron y me dijeron que ojalá
me mostrara tan valiente cuando tuviera
enfrente al Curro. Que me cuidara si en

alguna de mis rondas me encontraba con un hombre que llevara un bastón con la empuñadura en forma de una cabeza de águila. Con voz temblorosa agregaron que si lo veía corriera lo más rápido posible, que no intentara averiguar quién era o me podía pesar.

Aquellos cuentos me sugestionaron un poco; además, como nunca había estado solo en la sierra, las primeras noches se me hicieron interminables.

Cuando el viento soplaba casi juraba que alguien chiflaba en el monte. Por estos rumbos hay un pájaro que anida en el piso y cuando duerme hace psss, psss. La primera vez que lo escuché creí que alguno

de mis compañeros maloras se estaba
burlando de mí, pero cuando la gente
de aquí me platicó sobre el ave,
me moría de la risa.

Con el tiempo
me olvidé de las
historias que me
habían contado
además, me fui
acostumbrando
a reconocer
los sonidos
de la sierra
y dejaron de
sorprenderme.
Sin querer
me convertí en la única persona que
recorría la Línea Castilla, solo y por las
noches. Hasta una madrugada de diciembre
en que se desató la peor tormenta que he
visto en toda mi vida. El frío calaba hasta
los huesos y la nieve me cubría arriba de la
rodillas. Al realizar mi última ronda, cuando
llegué al lugar en donde empieza la bajada
a la Mina Vieja, ocurrió lo siguiente:

Con mi lámpara de petróleo me alumbraba
para reconocer en los árboles alguna señal

encontrar el camino, pues se perdía bajo
la nieve, lo que me obligó a andar muy
despacio. Me distraje al voltear a ver un
búho que salió volando, y cuando volví a
mirar enfrente distinguí a lo lejos un bulto
negro que se movía por el camino; me
asusté un poco, así que alisté mi rifle, no
fuera la de malas. Por la forma que tenía
pensé que era un oso.

Conforme fui acercándome pude comprobar
que se trataba de un hombre, y aunque esto
hubiera calmado a cualquiera, a mí no me
cayó nada bien, pues en todo el tiempo
que tenía trabajando como velador no me
había encontrado a nadie; bueno, alguna
vez en el día, pero de noche jamás. Cuando
estuve cerca de él, inexplicablemente todo
quedó en silencio y el viento se hizo aún
más helado.

Seguí caminando y, haciendo de tripas
corazón, lo saludé. Él me contestó y me
hizo la plática; en poco tiempo entramos
en confianza.

Comentamos que era el peor de los
inviernos, que las nubes anunciaban
una nueva tormenta, que era muy raro
encontrar a alguien por la noche
en aquel camino.

Después de un rato, sin darme cuenta iba
siguiendo sus pasos. El camino se hizo cada
vez más fácil, curiosamente ya no había
tanta nieve en el suelo. De pronto supe que
aquel camino no era el de la Mina Vieja,
ni el de otro lugar que conociera.
El hombre se adelantó un
poco, lo iba a llamar
cuando noté que se
apoyaba en un bastón
y que el mango
brillaba; en un
segundo recordé
las historias que
me habían contado,
¿aquel hombre sería
el aparecido del que
tanto hablaban?
De sólo pensarlo
la carne se me
puso de gallina,
del susto sentí
que el aire me
faltaba.

En ese momento vi claramente que la empuñadura de su bastón tenía la forma de una cabeza de águila.

El hombre volteó y creo que me vio tan descolorido que me preguntó:
—¿Qué le pasa amigo? Está muy pálido.

Moví la cabeza, pues de la impresión no pude hablar, sentí que las piernas me temblaban, se me iban a doblar las rodillas entonces me tomó del brazo y dijo:
—Se siente mal ¿verdad? Conozco un lugar donde puede sentarse a descansar. Debe ser el frío, recárguese en mí.

Frío el que sentí cuando me agarró del brazo: estaba más helado que un muerto.

Me llevó a una cueva cuya entrada estaba muy bien disimulada por una gran roca; entramos y me ayudó a sentarme en una piedra. Por una extraña razón dejó de sentirse frío y el lugar estaba iluminado.

e acomodó frente a
mí, me miró un rato
y preguntó:
—¿Cómo se
llama, amigo?
—Manuel Cano,
señor, para
servir a Dios
y a usted.

Alargó el
brazo hacia mí

y apretó fuerte mi mano mientras me decía:
—Mucho gusto, yo soy El Curro.
—El Curro —repetí tartamudeando.
—El mismo. ¿A poco no le han hablado
de mí?
—Pues sí, pero ya sabe cómo es la gente
de exagerada —le contesté a modo de
disculpa; qué tal si se enojaba.
—Lo que le dijeron no se compara con lo
mal que traté a la gente que me rodeaba.
Pero todo se paga —agregó con amargura.
Después me pidió que lo siguiera.

Y pues ¿qué hacía?, caminé tras él.
No recuerdo que hubiera alguna
lámpara de petróleo, antorcha o
velas, pero todo estaba iluminado,
¿de dónde venía la luz?
Nunca supe. Al llegar al
fondo de la cueva me
quedé petrificado ante
la visión que tenía
enfrente. Jamás en
mi vida había
visto tanto oro
junto. Me tomó
del brazo y me
indicó que
me sentara
en un baúl,
después
empezó a
platicarme
sus penas.

—¿Sabe, amigo? Nadie después de mí había
entrado a esta cueva; en varias ocasiones les
pedí a otros que me siguieran y nadie
lo hizo; es una suerte que lo
haya encontrado.

Como se habrá dado cuenta no es fácil dar con este sitio. Yo lo descubrí hace mucho tiempo. Ese día se me ocurrió que era un buen lugar para guardar mis tesoros, por eso cada vez que salía a cabalgar sacaba conmigo un pequeño costal con monedas y venía aquí a guardarlo.

La desconfianza, mala consejera, me hizo imaginar que mis trabajadores sospechaban algo, es más, que quizá me seguían, así que cambié de planes.

Un día fingí un enojo y los corrí a todos para quedarme solo en la hacienda. Guardé mi oro en costales de cuero y me ayudé de varias mulas; en cuatro días ya había trasladado el tesoro completo. Volví a mi casa, cerré mi despacho con candado y regresé a sentarme justo aquí —terminó su relato El Curro.

—¿Y qué sucedió?, ¿por qué no regresó a su casa? —le pregunté.

Todavía no sé cómo pude mantenerme
sentado escuchando a aquel hombre o
espíritu; es más, cómo es que me animé
a interrogarlo, olvidando que hablaba con
un muerto.

—Mi avaricia fue la culpable —dijo, y me
indicó que lo siguiera.

Después me pidió que me acercara a un
montón de monedas que se encontraba
en el piso y dijo:

—Quítelas.

Obedecí su orden y
empecé a quitar las
monedas, que eran
muchas. Para mi
sorpresa, debajo
de ellas había
unos huesos.
Con la
impresión
hasta caí
de espaldas.

No era para menos, nunca en mi vida
había visto restos humanos.

—¿Qué es eso? —grité ante semejante
hallazgo.

Muy tranquilo me contestó:

—Son mis huesos. Ese último día, cuando me disponía a regresar a mi casa, tropecé, y para no caer quise detenerme de unos costales, pero estaban mal acomodados y me cayeron encima. Así terminó mi vida.

Todo quedó en silencio, sólo escuchaba los latidos de mi corazón. El Curro dio un gran suspiro y agregó:

—Después de tantos años usted es el único que ha llegado hasta este lugar. Ahora que conoce mi historia quiero que me haga un gran favor; por supuesto tendrá su recompensa.

Ante la sola idea de lo que se le podía ocurrir a ese aparecido sentí un vacío en el estómago, no tenía otra que averiguar qué quería.

—¿En qué consiste el favor? —lo interrogué.
—Es algo muy sencillo: primero tiene que sacar mis restos de aquí, darles sepultura en el panteón y entregar una limosna a la iglesia para que por fin descanse mi alma —me dijo muy serio—. A cambio, todo lo que hay en la cueva será suyo.
—¿Así de fácil? ¿Y cómo voy a encontrar el camino de regreso después de enterrar sus huesos? —le pregunté desconfiado.
—Si acepta, lo espero en el mismo lugar donde lo encontré hoy; grite mi nombre y lo traeré

aquí de nuevo, después no olvidará
el camino —me dijo.

No puedo negar que en ese momento
los ojos me brillaron, ¡sería rico!

Traté de contestar lo más rápido que pude,
y sin quitar la mirada de lo que sería mío
acepté.

—Entonces, trato hecho —escuché a mis
espaldas.

Cuando volteé El Curro ya no estaba ahí.
Sin pensarlo mucho, en cuanto desapareció
empecé a guardar monedas en todas las
bolsas que tenía y en un costal; después
junté los huesos en otro. Al terminar me
colgué en el hombro los dos costales; pero,
al acercarme a la salida, el costal con los
huesos me pesaba más a cada paso que daba.
En alguna ocasión había escuchado que
los muertos pesan mucho, pero la verdad
nunca me imaginé que fuera para tanto.

Empecé a tirar monedas en el camino
para ver si así aminoraba la carga, pero
el resultado fue el mismo.

Me senté en el suelo y como los
huesos eran lo que pesaba
más, decidí dejarlos escondidos
y seguir sólo con las monedas.
Podía poner algunas marcas
en el camino y regresar con
una mula para cargarlos,
¿quién se daría cuenta?

Al llegar a la entrada
de la cueva vi algo
extraño: un palo que
sostenía una calavera
con sombrero
de paja. Esto no
tendría importancia
si no fuera porque,
al tratar de salir, sonó
un disparo y el sombrero
giró sobre la calavera.

A toda prisa me escondí tras una piedra.
Pasó un rato y traté de salir de nuevo,
pero otro disparo dio en el
sombrero; así ocurría cada
vez que lo intentaba.

Ya sentía pánico, pensé
que me quedaría
ahí para siempre.
Entonces aventé
el costal con
monedas,
y regresé
corriendo
en busca
del que tenía
los huesos.
Me costó un
poco de trabajo encontrarlo, pues
ahora todo estaba en tinieblas. Cuando
por fin lo hallé me dirigí a la entrada,
y sería por el miedo, pero ya no pesaban.
Luego fui acercándome despacio reteniendo
el resuello, cerré los ojos, empecé a salir
y ¡sorpresa!, no pasó nada; abrí los ojos y
me eché a correr; a partir de ese momento
se borraron mis recuerdos.

La gente de la compañía minera,
preocupada por mi desaparición, mandó

dos hombres a caballo para buscarme
n la sierra; al tercer día me encontraron
asi congelado abrazando un viejo costal
le cuero que no pudieron quitarme por
nás que lo jalaron; primero pensaron
que estaba entumido de frío y por eso
10 lo soltaba, pero después, ya en mi casa,
n cuanto me dormí intentaron nuevamente
quitarme el costal para que el médico me
evisara, pero dicen que empecé a dar tales
gritos que mejor lo dejaron entre mis brazos.

Los primeros días tuve temperatura y en
ni delirio gritaba: que si los huesos, que
a mina, que cumpliría, que me perdonara;
uego enmudecí. Mis amigos supusieron
que había visto al Curro y que del susto
había perdido la razón, pero decían que
sobre advertencia no hay engaño.

Para sorpresa de todos, milagrosamente me
ecuperé; entonces les platiqué mi aventura
pero, como era de esperarse, no creyeron
que estuve con El Curro y que, además, me

había ofrecido su tesoro. Todos se rieron
diciendo que ahora Santo Domingo
tenía su propio loco. Para que me
creyeran les mostré el contenido
del costal y las monedas
que tenía en mis
bolsas; al verlas
se quedaron con
la boca abierta.

En cuanto pude fui al panteón, enterré los restos del Curro, di la limosna y mandé decir una misa. Con las monedas que llevaba en mis bolsas y las que encontré junto a los huesos fue suficiente para que pusiera una tienda, así que abandoné mi oficio de velador y, lo más importante, me alejé para siempre de las minas.

Cuando terminé mi relato aquel muchacho estaba intrigado y me preguntó si había regresado por el tesoro, a lo que contesté con una gran carcajada:

—¡Cómo crees, muchacho! Ni loco que estuviera, de esos sustos con uno en la vida basta.

Tú me caes bien y como yo cumplí mi parte del trato, si quieres te puedo decir el lugar donde tienes que llamar al Curro; estoy seguro que sabrá que te envío y te llevará en mi lugar a la cueva. ¿Te arriesgas?

Contestó que lo pensaría y después de indicarle cómo llegar a las minas se despidió. Creo que aún lo sigue pensando pues no regresó. Hay quienes aseguran que El Curro se sigue apareciendo en busca de otro afortunado para entregarle su tesoro. Yo no les creo.

4783